WOLF GIRL 2

Déjà paru :

Wolf Girl, tome 1 : La Vie sauvage

2021

Illustrations de couverture : Jeremy Ley

Édition originale publiée en 2019
sous le titre *Wolf Girl – The Great Escape*
par Allen & Unwin (Australie).

une marque des éditions de La Martinière,
57, rue Gaston Tessier, 75019 Paris.
ISBN : 978-2-7324-9673-3

Mise en page : Yves Leclere

www.editionsdelamartiniere.fr

Conforme à la loi n° 49-956 du 16 juillet 1949
sur les publications destinées à la jeunesse.

ANH DO

WOLF GIRL 2

LA GRANDE ÉVASION

Illustré par Jeremy Ley et Annie Ji

Traduit de l'anglais (Australie)
par Christophe ROSSON

La Martinière j. FICTION

À Summer, Leon, Luc et Xavier,
et à Ben et Freddie,
des gamins géniaux
Anh

À Tess
L'aventure malgré l'adversité.
Ton pote aventurier,
Jem

1

ENLEVÉE

Agrippée aux barreaux de l’arrière du camion, j’appelais mes chiens à m’en casser la voix.

Aurore, Brutus, Zip, Truffe et Mini couraient à toutes pattes mais ils n'avaient aucune chance d'arriver à nous suivre.

Je n'avais plus qu'eux au monde. Quatre ans plus tôt, ma famille et moi avions fui notre maison. J'avais dû me réfugier dans la forêt et j'avais perdu les miens. Sans mes animaux, j'ignore si j'aurais survécu.

Et voilà que j'allais les perdre, eux aussi.

J'ai hurlé de toutes mes forces.

– Tais-toi ! m'a grondée le moustachu.

Quand j'avais déboulé dans la clairière où il s'affairait avec un collègue, je ne m'étais méfiée de rien. Ma meute m'avait pourtant appris la prudence, je savais analyser les comportements et anticiper les gestes. Là, j'avais agi… en humaine.

Ces hommes m'avaient obligée à monter dans le camion puis étaient partis aussitôt en abandonnant mes chiens.

Je me demandais s'ils étaient liés à l'attaque qui m'avait obligée à fuir avec ma famille. Ils devaient faire partie d'une armée.

Je ne voyais plus de mes chiens qu'une ombre floue dans un nuage de poussière, derrière nous.

Allais-je les revoir un jour ?

Un cri perçant a attiré mon attention. Bec ! Il nous suivait toujours. Aucun camion ne pourrait le semer !

Les branches d'arbre ont ensuite formé comme un rideau vert. On roulait dans une espèce de long tunnel végétal.

Je guettais une trouée dans les branchages.

Je perdais la notion du temps, à mesure qu'on s'enfonçait dans la forêt. Et enfin, j'ai réussi à voir un pan de ciel.

Hélas ! pas la moindre trace de Bec.

Je me suis affalée par terre. Je savais que mes chiens étaient loyaux envers moi. Qu'ils allaient venir à ma rescousse. Ils n'étaient peut-être pas aussi rapides qu'un camion, mais ils savaient suivre une piste. Surtout Truffe. En plus, il n'y avait qu'une seule route.

Mais soudain, mon cœur s'est serré. Une triple intersection se présentait devant nous.

J'ai grondé.

Le conducteur m'a adressé un coup d'œil, légèrement nerveux.

– On devrait peut-être la ligoter, a-t-il proposé.

– Pff, c'est qu'une gamine, a répliqué le moustachu.

Le camion s'est engagé sur la route de droite. Comment mes chiens allaient-ils savoir laquelle prendre ? Je devais leur laisser un indice. La seule idée qui m'est venue a été de m'arracher des cheveux et les jeter dehors.

Je croisais les doigts pour que cela suffise à guider mes chiens.

Truffe possédait après tout un odorat incroyable. Il m'avait surprise plus d'une fois.

Et j'ai recommencé l'opération à plusieurs reprises ensuite.

Tout à coup, le moustachu s'est tourné vers moi.

– Qu'est-ce que tu fabriquais dans la forêt, d'abord ? m'a-t-il interrogée.

Pour toute réponse, je lui ai adressé un regard noir. Pas question de lui révéler quoi que ce soit.

– Tu es sourde, petite ? Je t'ai posé une question !

Je le fixais comme je fixais Brutus quand il me défiait.

Au bout d'un moment, l'homme s'est détourné en reniflant.

– Reste muette si tu préfères, Fran saura bien quoi faire de toi.

J'ai passé une main sous mon tee-shirt et serré ma fronde très fort. Ça m'a redonné espoir. Ces hommes me prenaient pour une enfant normale.

– Je crois qu'elle me montre les dents ! a glapi le conducteur.

– T'inquiète, a répliqué le moustachu. On arrive.

Et en effet, on a débouché du tunnel de verdure dans un océan de soleil.

2

LA COUR

On s'est arrêtés dans une espèce de clairière bordée de souches d'arbres. Devant une grande enceinte gardée par des soldats.

Un portail immense s'est ouvert, on l'a franchi. J'en ai profité pour inspecter la palissade. Trop haute pour qu'un chien l'escalade ou saute par-dessus.

On s'est retrouvés dans une vaste cour. J'en ai aussitôt eu des picotements dans le nez. Toutes ces odeurs que je n'avais plus senties depuis des années : essence, caoutchouc, sciure. Je m'étais tellement habituée au grand air et à la végétation que ces odeurs me troublaient.

Mais elles me ramenaient aussi des années en arrière. Quand j'aidais papa à réparer la voiture. Ça m'a rappelé à quel point il me manquait. À quel point ils me manquaient tous.

En levant les yeux, j'ai découvert un bâtiment en bois adossé à une montagne rocheuse. Un drôle de bruit résonnait sur ses pentes… ***Boum, boum, boum***.

Le portail a émis un *boum* différent quand il s'est refermé derrière moi. Un *boum* qui a semblé résonner dans mon âme. Comme pour dire : *Te voilà prisonnière.*

Je me suis secouée pour chasser cette sensation. Je devais m'évader à tout prix !

Le moustachu est alors venu toquer à la vitre, avec un sale sourire. Puis il s'est dirigé vers un groupe de soldats qui approchaient, menés par une femme aux cheveux noirs.

J'ai tendu l'oreille. Ils ne se doutaient sûrement pas que je pouvais les entendre. Mais après des années passées à guetter les lézards dans les sous-bois, je n'ai eu aucun mal à épier leur conversation.

– … qui la suivaient partout, Fran, disait le moustachu.

– Comment ça ? a demandé Fran.

– Ben, euh…

– Elle était avec une meute de chiens ?

– On a filé avant qu'ils nous attaquent, a précisé le conducteur. Je crois même qu'il y avait un loup.

– Un loup ? a répété Fran.

– Un loup, a insisté le conducteur. Et un chihuahua.

Fran a éclaté de rire. Très vite imitée par les deux hommes.

– Mais je ne plaisante pas ! s'est défendu le conducteur.

D'un geste, Fran a imposé le silence.

– La petite aurait pu s'enfuir d'un des autres camps, selon vous ? a-t-elle demandé.

– Elle n'en a pas l'air, a estimé le moustachu. Je la trouve… sauvage.

– Montrez-la-moi, a ordonné Fran.

Le moustachu a incliné la tête, puis ils se sont tournés vers le camion.

Je me suis mise en position. Mon cœur cognait très fort. C'était le moment ou jamais. Si je les prenais par surprise, j'arriverais peut-être à m'échapper.

La clé s'est insérée dans la serrure, puis la poignée a tourné. Un rayon de lumière est entré par l'interstice et j'ai jailli !

Les portières se sont ouvertes brusquement, le moustachu a été projeté en arrière.

Je me suis réceptionnée à quatre pattes et j'ai filé.

– Rattrapez-la ! a crié Fran.

Un soldat s'est précipité vers moi, je l'ai esquivé et j'ai foncé vers la palissade.

– Remontez l'échelle ! a réclamé Fran.

Les gardes postés en haut ont obéi. Alors j'ai bondi sur l'échelle et j'ai réussi à saisir l'un des barreaux. Ensuite je me suis hissée.

Les soldats ont soudain lâché prise. J'ai senti mes dents claquer quand l'échelle a heurté le sol mais j'ai tenu bon. D'autres soldats s'attroupaient au pied de la palissade.

Sur ma gauche, j'ai avisé une autre échelle. Je me suis jetée dessus et l'ai escaladée comme un lézard grimpe à un tronc d'arbre.

Je me suis retrouvée sur un échafaudage où un soldat a tenté de s'emparer de moi. J'ai réussi à l'éviter.

Je sprintais comme une folle alors que les soldats accouraient vers moi de toutes les directions. De cette hauteur, j'ai découvert ce qui produisait les gros *boum* dans la montagne. Derrière des grillages, des dizaines d'enfants cassaient des rochers avec des marteaux.

De l'autre côté de la palissade, la pente était à pic. Pas la moindre prise pour descendre.

– Viens là, sale gosse !

J'ai pivoté sur moi-même, un gros soldat s'avançait vers moi. Je me suis jetée entre ses jambes et j'ai glissé jusqu'à une échelle que j'ai dévalée. Elle s'arrêtait à un mètre du sol. Je me suis jetée dans le vide et j'ai repris ma course.

La moitié des soldats étaient à présent en haut de la palissade.

– Bande d'incapables ! s'est énervée Fran.

Moi, je me dirigeais vers le bâtiment, mais d'autres soldats en sont sortis. J'ai préféré obliquer vers le grillage.

Le moustachu et le conducteur ont voulu me barrer la route. J'ai ramassé une poignée de cailloux par terre.

J'en ai chargé un dans ma fronde et l'ai projeté. Il a atteint le moustachu en plein front. L'homme s'est effondré, assommé.

J'ai tiré un second caillou dans le genou du garde, qui s'est écroulé en gémissant.

J'en ai profité pour prendre appui sur son dos et ainsi franchir le grillage.

WOLF GIRL

Après des années passées à grimper aux arbres, cette clôture ne m'a posé aucun problème. L'adrénaline fusait dans mes veines.

Hélas ! une main ferme m'a empoigné la jambe et m'a tirée. J'ai atterri sèchement, le souffle coupé. Une botte s'est plantée sur ma poitrine.

J'ai levé les yeux : Fran me maîtrisait. J'ai bien tenté de la griffer, mais ses bottes étaient en cuir.

– Une vraie sauvageonne, a-t-elle ricané tandis que les soldats nous rejoignaient. Comment tu t'appelles, petite ?

Je l'ai foudroyée du regard.

Fran a plissé le front.

– Comme tu voudras. Un séjour en cellule te déliera peut-être la langue. Enfermez-la.

Elle a retiré son pied au moment où des soldats me prenaient par les bras.

– Et qu'on lui enlève sa fronde, à la fin ! a pesté Fran.

3

PRISONNIÈRE

Deux soldats m'ont arraché ma fronde et m'ont ligoté les poignets. Puis ils m'ont fait franchir le grillage et on s'est retrouvés au pied d'une pente où travaillaient des dizaines d'enfants. Des enfants comme moi.

Des enfants qui auraient dû être en train de jouer dans une cour d'école. Qu'est-ce que c'était que cet endroit ?!

Les soldats m'ont conduite de force dans un bâtiment.

On a pénétré dans une grande salle aux fenêtres étroites – impossible de s'échapper par là. Dans la pénombre, j'ai distingué des matelas alignés par terre.

Le sol était de terre nue, il flottait dans l'air une odeur aigre de sueur et de moisi.

Un des soldats m'a vue froncer le nez, ce qui l'a fait rire.

– Ce qui t'attend est pire, a-t-il annoncé en me poussant vers un escalier.

Au sommet, il y avait un couloir flanqué de portes closes. Je m'efforçais de glaner le plus d'informations possible. Le couloir semblait faire toute la longueur du bâtiment et aboutissait à un autre escalier. ***Comment faire pour m'échapper ?***

On s'est arrêtés devant la porte ouverte d'une petite salle. Un soldat jouait au solitaire. Il était court sur pattes et avait le crâne rasé. ***Je t'appellerai Crâne d'Œuf***, ai-je songé.

Lorsqu'il nous a vus, il s'est levé en vitesse.

Puis il a pris un trousseau de clés accroché au mur derrière son bureau.

Mon gardien a tendu la main mais Crâne d'Œuf n'a rien voulu savoir.

– Les clés, c'est ma responsabilité, a-t-il expliqué.

– Comme tu voudras, a répliqué mon gardien. Tiens, tu rangeras ça, aussi.

Et il a jeté ma fronde sur le bureau.

Crâne d'Œuf nous a ensuite conduits à une série de cellules. Il en a ouvert une et ses collègues m'ont jetée à l'intérieur. J'avais toujours les poignets ligotés.

La cellule était minuscule et humide. Il n'y avait là qu'un seau vide, un oreiller crasseux et un tas de paille.

Crâne d'Œuf a refermé la porte à clé.

Mon cœur cognait très fort et j'avais le souffle court. Il y avait des années que je n'avais plus été enfermée dans une pièce. Je devais me ressaisir.

Je me suis forcée à me rappeler la fillette que j'étais autrefois. À l'époque, j'adorais rester seule dans ma chambre. Je lisais ou je dessinais sans qu'on me dérange. Ma sœur Kate devait frapper avant d'entrer, et je pouvais lui dire non. Ici, rien à voir.

J'ai humé l'air. Une vraie puanteur !

La lucarne à barreaux était trop haute pour que je l'atteigne, mais un petit courant d'air entrait dans la cellule, portant avec lui les odeurs de la forêt. Les arbres et mes chiens me manquaient.

Je sentais la panique revenir. J'ai penché la tête en arrière et poussé un hurlement.

4

LE DOCTEUR

À en juger par le jour qui filtrait par la lucarne, il devait être le milieu d'après-midi quand Crâne d'Œuf est revenu.

– Debout, a-t-il dit en ouvrant la porte.

J'ai lutté contre l'envie de me jeter sur lui en grondant et en mordant. Pour sortir d'ici, j'allais devoir la jouer fine. Et je ne réussirais jamais avec les mains ligotées.

J'ai montré mes liens à Crâne d'Œuf.

– Sûrement pas, a-t-il répondu à ma demande muette. Pas sans l'accord de Fran.

Puis il a sorti sa matraque et a ajouté :

– Je te déconseille d'essayer de filer.

Et il m'a fait signe de passer devant. On a marché jusqu'à une porte close. Crâne d'Œuf a toqué avec sa matraque.

– Entrez ! a répondu Fran.

À l'intérieur, on se serait cru chez le médecin. Fran était là, donc, avec un homme que je ne connaissais pas.

– La voici, madame, a déclaré Crâne d'Œuf. Souhaitez-vous que je…

– Ce sera tout, l'a coupé Fran.

Le soldat s'est incliné puis est reparti. Le visage austère, Fran m'a adressé la parole :

– Les ouvriers qui t'ont trouvée affirment que tu as été élevée par des loups… Ils t'appellent la Louve. Je préférerais connaître ton vrai nom.

Je n'ai pas répondu.

Fran a tapé des poings sur la table.

– Ton nom ! a-t-elle crié.

J'ai continué à soutenir son regard sans rien dire.

L'homme assis près d'elle est intervenu.

– Bonjour, jeune demoiselle. Je suis le Dr Andrews. Tu ne vois pas d'inconvénient à ce que je t'examine ?

J'ai hésité. Il avait l'air gentil mais… je devais me méfier de tout le monde, ici.

– Et si je défaisais tes liens, a-t-il proposé.

Il avait sûrement senti ma gêne.

Fran a approuvé d'un signe de tête.

– Nous sommes bien d'accord, la Louve ? m'a ensuite demandé le Dr Andrews. Un simple examen pour m'assurer que tu vas bien.

J'ai hoché la tête.

– Parfait, a fait le Dr Andrews.

Il a ensuite tranché mes liens délicatement, à l'aide de ciseaux.

– Grimpe là-dessus, a-t-il indiqué en montrant la table d'examen.

J'ai obéi.

Il a examiné mes yeux et mes oreilles avec une lampe, puis a ausculté mes poumons et a tâté mes bras et mes jambes. Quand il m'interrogeait, je répondais par des signes de tête. Enfin, il s'est tourné vers Fran et a déclaré :

– Elle a l'air en bonne santé. Toutefois, un bain ne lui ferait pas de mal.

– On en est tous là, a répliqué Fran. Et maintenant, petite, arrête ton cinéma. Je sais que tu peux parler. Mes hommes m'ont dit que tu t'étais renseignée sur ta famille. Alors je te le demande : qui es-tu ? Et que faisais-tu dans la forêt ?

J'ai baissé la tête pour me cacher derrière mes cheveux.

Je pensais à mes chiens. Si jamais ils croisaient des soldats, allaient-ils attaquer ou se cacher ?

J'étais très angoissée.

– Et ces chiens, qui t'accompagnaient ? a repris Fran comme si elle lisait dans mes pensées.

C'était plus fort que moi, je lui ai adressé un regard noir.

– Sont-ils dressés ? a-t-elle insisté. Sont-ils des chiens d'attaque ? Vous êtes-vous tous enfuis d'un autre camp ?

Silence.

– Hmm, a fait Fran. Je devrais peut-être envoyer les chasseurs sur leur piste. Ils pourraient les capturer.

Mon regard est devenu encore plus noir.

– Après ça, nous pourrions les noyer, a proposé Fran.

Je me suis jetée sur elle.

Je l'ai griffée au visage. Elle a hurlé. Puis elle m'a saisie par les épaules et m'a repoussée à bout de bras tandis que je frappais toujours.

Crâne d'Œuf a rappliqué avec un collègue et ils m'ont tordu les bras dans le dos.

– Ramenez-la dans sa cellule ! a crié Fran. Elle ne mangera pas tant qu'elle n'aura pas parlé.

Pendant que les gardes m'évacuaient, le Dr Andrews a dit à Fran :

– Ça tombe bien, je vais pouvoir vous faire un bandage.

J'ai même cru qu'il me lançait un clin d'œil.

5

LES AUTRES ENFANTS

Assise dans ma cellule, je m'efforçais d'ignorer les gargouillements de mon ventre. Je n'avais rien mangé depuis le matin – quand j'étais libre, dans la forêt, avec mes chiens.

Ça m'a fait penser à eux. Truffe allait-il pouvoir suivre ma piste ? Aurore allait-elle devenir cheffe à ma place ? Mini pourrait-il tenir leur rythme ? Ils me manquaient tellement.

Il faisait nuit, à présent. Je n'entendais plus les coups de marteau. Par contre, j'ai soudain discerné des bruits de pas qui traînaient au rez-de-chaussée. Et des voix d'enfants, basses et fatiguées. Allais-je devoir travailler comme eux ?

Je devais m'évader à tout prix !

Des pas ont résonné dans l'escalier. Je me suis réfugiée au fond de ma cellule, dans la pénombre – mais il était impossible de se cacher. Un petit groupe d'enfants est passé dans le couloir. Ils se sont arrêtés dès qu'ils m'ont aperçue.

– C'est elle, a murmuré l'un d'eux.

– Les cheveux qu'elle a…, a soufflé un autre.

– Et ses habits. Ils sont bizarres et rapiécés.

J'aurais bien répliqué qu'ils ne valaient pas mieux que moi : maigres, crasseux et vêtus de guenilles comme ils étaient.

– Paraît qu'elle ne parle même pas, elle hurle.

– Comment tu t'appelles ? a demandé un garçon d'environ mon âge, aux grands yeux marron.

Je n'ai pas répondu, je me suis contentée de les observer. Depuis quand étaient-ils ici ? Cela faisait-il quatre ans ?

– Je m'appelle Rupert, s'est présenté le garçon.

J'ai failli répondre. Ces enfants étaient des prisonniers, comme moi. Eux aussi avaient peut-être dû fuir leur maison dans la nuit. Je voulais savoir depuis quand ils étaient retenus ici et à quoi servait ce camp.

Mais je n'étais pas encore prête à faire confiance à qui que ce soit. C'est ma trop grande confiance qui m'avait fait atterrir ici.

Je voulais retrouver mes chiens. À eux seuls je pouvais faire confiance.

Je me suis tournée et j'ai hurlé en direction de la lucarne.

– Ça alors, a fait une fillette. Une vraie bête sauvage.

– Chut, c'est méchant, a rétorqué Rupert.

Puis il s'est retourné vers moi.

– Si ça se trouve, c'est comme ça qu'elle communique. Voyons voir…

Il s'est éclairci la voix, puis il a essayé de hurler.

Un pauvre cri tout faible et étranglé. Les autres ont ri.

Je me suis encore renfoncée dans la pénombre pour qu'ils ne voient pas mes yeux. Ils me prenaient pour un monstre. Ils se moquaient de moi. J'avais bien fait de me méfier.

Une porte a soudain claqué dans le couloir.

– C'est quoi ce cirque ?! a lancé Crâne d'Œuf.

Les enfants ont décampé. Et je me suis demandé si j'allais bientôt être aussi maigre qu'eux. ***Non, non, non***, me suis-je ressaisie. ***Je vais m'évader.***

J'ai alors senti l'odeur de la nourriture ! Crâne d'Œuf m'apportait une tranche de pain et un morceau de fromage. J'en ai eu l'eau à la bouche.

Après avoir jeté un coup d'œil entre les barreaux, il a tendu l'assiette pour que je la voie.

– Tout ça, a-t-il dit, c'est seulement si tu parles.

Folle de rage, je me suis jetée sur la porte, les bras entre les barreaux. Crâne d'Œuf a bondi en arrière et lâché l'assiette.

Puis, les sourcils froncés pour cacher sa frayeur, il s'est mis à ramasser la nourriture.

– Ça ne t'avancera à rien, la Louve, a-t-il affirmé.

Et il a filé. Je suis retournée m'asseoir dans le noir, en essayant d'oublier la nourriture.

Je voulais retrouver mes chiens, c'est tout.

Où pouvaient-ils bien être ?

6

LA PISTE

Truffe suivait la piste du camion, à la tête de la meute. L'odeur des gaz d'échappement était forte.

Voilà des heures qu'ils couraient, ils étaient tous essoufflés.

Où est-elle ? a demandé Zip pour la cinquantième fois.

On va la retrouver, a grondé Aurore.

On arrive, Gwen, a jappé Mini avec toute sa détermination.

Ils couraient malgré la chaleur intense, et ne s'arrêtaient que pour laper l'eau des flaques.

Le soir est enfin tombé et la fraîcheur a été la bienvenue.

Truffe a alors découvert une espèce de clairière où la piste semblait prendre plusieurs directions à la fois.

Qu'y a-t-il ? a grommelé Aurore.

Trop d'odeurs, a aboyé Truffe.

D'autres chemins s'ouvraient devant la meute.

Je ne sais pas où aller, a marmonné Truffe.

Et il s'est mis à renifler partout en décrivant des cercles de plus en plus grands ; Aurore elle aussi cherchait des indices.

Viens, on les aide, a suggéré Mini à Brutus.

Comme tu veux, a répondu celui-ci.

Tu regardes en haut et moi en bas, a décidé Mini.

Les quatre animaux passaient l'intersection au peigne fin. Ils flairaient des odeurs de caoutchouc, de gaz d'échappement, de terre et de forêt. Ils ont continué ainsi jusqu'à déceler leurs propres odeurs.

On devrait peut-être se séparer pour explorer chaque chemin ? a proposé Zip.

Pas question, a grondé Aurore. **On reste ensemble.**

Tous se sont assis un moment, pantelants. Truffe, lui, continuait à flairer les chemins.

Elle préfère peut-être vivre avec les deux-pattes ? a estimé Brutus.

Jamais elle ne nous abandonnerait ! a glapi Mini.

Ils sont comme elle, a aboyé Brutus.

Assez ! a tonné Aurore. **On est avec elle ; elle est avec nous. On est une meute.**

La louve est allée se planter face à Brutus.

Quand Gwen t'a trouvé, tu l'as attaquée. Mais elle t'a quand même nourri et accepté.

Brutus a baissé la tête et battu en retraite.

On doit la retrouver, a insisté Aurore.

Au même instant, Truffe s'est mis à aboyer depuis le chemin de droite.

Qu'y a-t-il ? a lancé Aurore en accourant vers lui, suivie par les autres.

Regardez ! a claironné Truffe en sautillant autour d'un cheveu marron.

Ses amis le découvraient à leur tour. Truffe, lui, s'enfonçait déjà sur le chemin.

J'en sens un autre ! a-t-il aboyé. **Et un autre encore !**

Venez, a jappé Aurore. **Allons retrouver Gwen !**

Le reste de la meute a aboyé de joie, et ils sont tous repartis dans la nuit.

7

UN BON GESTE

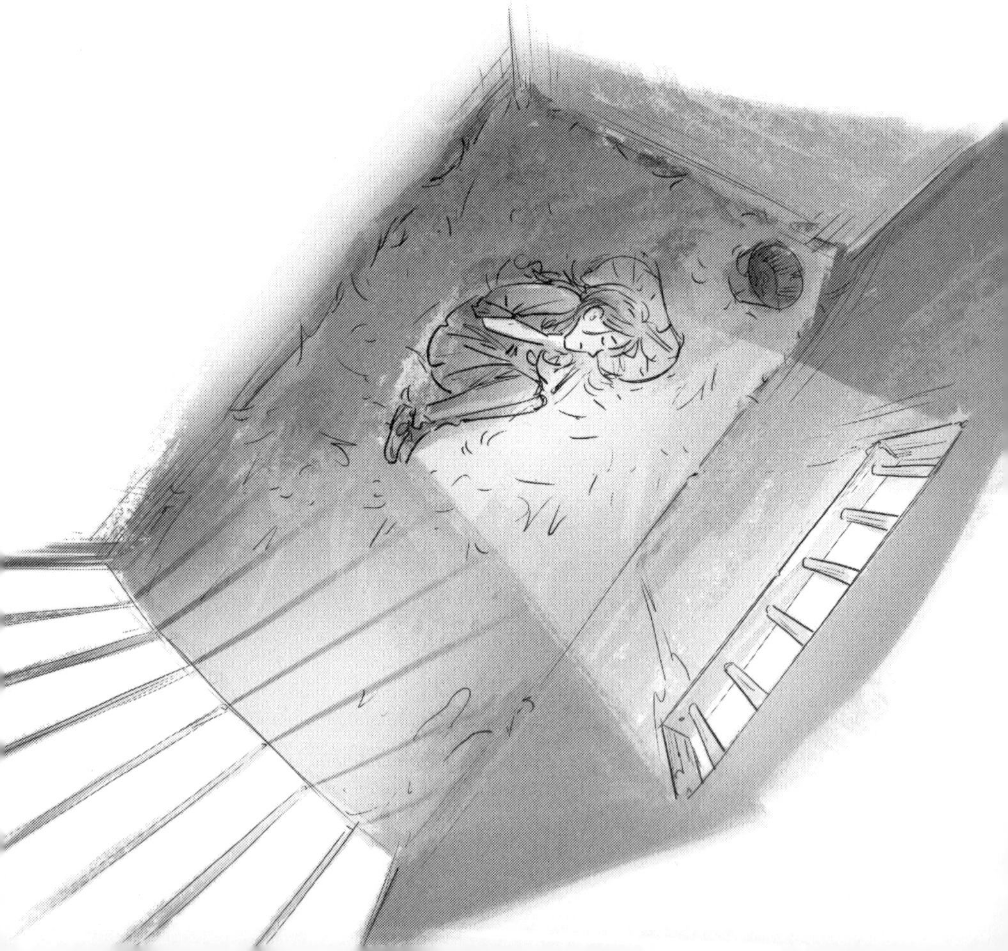

Je me suis réveillée la joue sur mon oreiller moisi. La paille avec laquelle j'avais essayé de me faire un matelas m'avait laissé des marques sur tout le corps. Elle était bien moins confortable que le pelage souple de ma famille à quatre pattes. Mon cœur s'est serré quand je me suis rappelé où j'étais.

J'avais faim, j'avais soif, et je me demandais si Crânc d'Œuf allait encore venir me narguer avec une assiette. Je guettais ses pas mais le bâtiment semblait plongé dans le silence. Dehors, j'entendais les coups de marteau.

J'ai levé les yeux vers la lucarne. Si j'arrivais à m'accrocher aux barreaux, je pourrais regarder à l'extérieur.

J'ai pris un maximum d'élan puis j'ai bondi vers la lucarne. Agrippée aux barreaux, les jambes collées contre le mur, j'ai découvert la vue.

La carrière. De gros blocs de roche avaient été arrachés à la montagne. Depuis quand ces enfants travaillaient-ils là ? me demandais-je. Ils devaient être une cinquantaine, à manier le marteau et pousser les brouettes.

Pile sous ma lucarne, il y avait des tas de cailloux, et Rupert qui remplissait une brouette. Maigrichon comme il était, soulever ces cailloux lui demandait de gros efforts.

Sa brouette pleine, il s'est dirigé vers la palissade. Là, deux gardes en faction au portail l'ont inspecté, ainsi que sa brouette, avant de le laisser sortir.

Il n'y avait pas qu'une seule issue à ce camp.

Malgré la douleur dans mes mains et mes bras, je tentais d'obtenir d'autres informations encore.

Rupert est bientôt revenu par le même portail, sa brouette vide. Qu'avait-il fait des cailloux ?

Il est revenu sous ma lucarne. Allait-il enchaîner les allers-retours jusqu'au soir ?

Soudain, il a levé les yeux et m'a aperçue. Je me suis sentie vulnérable alors j'ai lâché prise.

Rupert allait-il me dénoncer aux soldats ?

C'est alors que j'ai entendu un petit **Boum** contre le mur extérieur. Rupert s'amusait-il maintenant à jeter des pierres contre ma cellule ?

Un second **Boum**. Cinq secondes plus tard, un truc a fusé par la lucarne. J'en suis restée bouche bée.

Un morceau de pain.

Sans réfléchir, j'ai mordu dedans. Il était dur et rance, mais je m'en fichais, j'étais morte de faim. C'était un vrai régal. Je n'en ai pas laissé une miette puis j'ai levé la tête vers la lucarne.

Je me suis de nouveau accrochée aux barreaux. Rupert chargeait toujours sa brouette mais en faisant exprès d'aller lentement. Dès qu'il m'a vue, il m'a souri.

– Merci, lui ai-je dit.

Le sourire de Rupert s'est alors élargi. J'avais oublié que je n'étais censée parler à personne.

– Tu parles donc, m'a-t-il lancé dans un murmure appuyé.

– Oui, ai-je répondu.

– Tu veux encore du pain ?

– Oui.

Il a sorti un autre morceau de sa poche et l'a rompu en deux.

– Hé ! s'est écrié un homme.

Rupert a pivoté sur lui-même. Un soldat est venu lui prendre son pain. Il a levé les yeux vers moi.

J'ai aussitôt lâché les barreaux.

Dehors, j'entendais l'homme qui disait :

– On te donne trop à manger, c'est ça ?

Puis j'ai perçu un coup, et Rupert qui gémissait.

– Allons voir ce que Fran en pense, a ajouté le soldat.

Le reste de la journée, je me suis demandé ce qui était arrivé à Rupert. Chaque fois que je me hissais à la lucarne, je ne le voyais nulle part. Tout comme le soldat qui l'avait emmené.

Enfin, le soir, des bruits de pas ont résonné dans le couloir. Le soldat est apparu : il escortait Rupert avec Crâne d'Œuf. Ils l'ont jeté dans la cellule face à la mienne.

– Tâche de ne plus oublier les règles, a dit le soldat. Ça t'évitera des ennuis.

Rupert a fondu en larmes.

– Quant à toi, la Louve, m'a lancé le soldat. J'espère que tu t'es régalée avec ton pain. Tu n'es pas près d'en avoir à nouveau.

Et il est reparti. Crâne d'Œuf nous a adressé un sourire mauvais, à Rupert et moi, avant de le suivre.

Assis dans sa cellule, Rupert sanglotait encore quand je lui ai dit :

– Désolée que tu te sois attiré des ennuis à cause de moi.

Rupert s'est essuyé le nez, et a essayé de dissimuler ses larmes.

– Où as-tu passé la journée ? ai-je repris.

– Dans le bureau de Fran. Elle s'était absentée. Ils m'ont laissé ligoté à une chaise.

– Ne t'en fais pas, on va sortir d'ici.

– Comment ?

Bonne question.

– J'y réfléchis.

J'y réfléchissais encore quand j'ai entendu les ronflements de Crâne d'Œuf.

Rupert a alors cessé de renifler, il s'est mis à m'interroger.

– Dis, si tu n'es pas si sauvage, pourquoi tu as hurlé, hier ?

Devais-je lui avouer la vérité ?

Lui parler d'Aurore ? De Truffe ? Des quatre années que j'avais passées avec une louve et des chiens ? De notre vie de meute : nos chasses, nos repas, nos jeux, nos nuits ? Devais-je lui expliquer que je n'avais pas revu d'êtres humains jusqu'à ce que le moustachu et son collègue m'enlèvent ?

– J'appelais ma famille.

8

UNE AUTRE ENTRÉE

Les chiens couraient toujours, à la faveur du clair de lune, guidés par les cheveux laissés par Gwen. À chaque intersection, Truffe en cherchait un nouveau… et le trouvait.

Mini, lui, avait un mal fou à tenir le rythme avec ses petites pattes. Il commençait à se laisser distancer.

Aurore s'est alors inclinée devant lui.

Grimpe dans le sac, a-t-elle signifié au chihuahua.

Merci ! a jappé Mini en se calant dans une poche.

Et la meute a repris sa route jusqu'à ce qu'Aurore elle-même donne des signes de fatigue.

Au détour d'un virage, ils ont repéré une trouée dans les arbres. De la lumière filtrait à travers !

Je sens des deux-pattes ! a aboyé Truffe.

Vite, dans le bois, a ordonné Aurore. **Il ne faut pas qu'ils nous voient.**

Les animaux se sont réfugiés dans la forêt, leur épuisement oublié. Ils épiaient la palissade. Au sommet, des silhouettes se déplaçaient.

La piste de Gwen aboutit là, a affirmé Truffe.

On ne pourra pas franchir ce mur, a indiqué Brutus.

— **Il y a peut-être une autre entrée ailleurs ?** a suggéré Truffe.

À l'abri des arbres, les cinq amis ont fait le tour du camp. Ils ont ainsi découvert une section de palissade plus proche de la forêt. Le calme semblait régner de l'autre côté. Et il n'y avait aucune activité au sommet de l'enceinte.

— **Là**, a dit Mini en pointant son museau vers les planches. **La terre a l'air souple.**

— **On pourrait creuser ?** a demandé Truffe.

— **Possible**, a estimé Aurore. **Soyons discrets.**

Les chiens et la louve se sont faufilés jusqu'au pied de la palissade. Zip a enfoncé ses griffes dans le sol.

C'est bon, a-t-il affirmé.

Et il s'est mis à creuser comme un fou, envoyant des morceaux de terre sur ses amis.

Zip ! a protesté Aurore. **Bouge un peu, qu'on t'aide.**

Brutus, Mini, Truffe, Zip et elle ont creusé jusqu'à dégager un trou par lequel la louve elle-même pourrait passer.

Aurore est passée la première, suivie par les chiens.

Ils sont ressortis derrière un cabanon. De l'autre côté, Aurore a découvert un terrain rempli de cailloux.

On va où, maintenant ? a demandé Brutus.

Truffe ? a insisté Aurore.

Le labrador a flairé les environs sans trouver la trace de Gwen.

Elle est forcément par ici, a insisté Aurore. **Cherchons encore.**

Les pattes fléchies, elle s'est engagée sur le terrain aux cailloux. Au loin, des lampes torches balayaient la nuit : les deux-pattes patrouillaient.

Ils ne doivent pas nous voir, a soufflé la louve.

Cachons-nous là ! a décidé Mini en se précipitant vers une forme noire.

Les autres l'ont rejoint à côté de ce qui s'est révélé être une tente. Les soldats se sont éloignés…

Hélas ! des voix ont retenti sous la tente.

Aurore s'est crispée… heureusement, les deux-pattes qui occupaient l'endroit ne faisaient que rire. Une odeur de viande cuite a soudain fait saliver les cinq amis.

On va manger ? a proposé Brutus.

Trop dangereux, a estimé Aurore.

Mais j'ai faim, a insisté le mastiff.

Les deux-pattes ne doivent pas nous voir, a rappelé la louve. **C'est Gwen qui donne à manger. Trouvons-la, et on mangera.**

Et la petite équipe a repris les recherches.

Très vite, ils ont abouti devant des cailloux entassés contre un bâtiment en bois.

C'est immense, a grondé Brutus. **Comment voulez-vous qu'on...**

Des battements d'ailes ont soudain agité les poils des cinq amis.

Et Bec s'est posé sur un tas de cailloux !

Bec ! a jappé Aurore.

Bec ! l'ont imitée les autres.

On pensait t'avoir perdu ! a ajouté Mini.

L'aigle a incliné la tête vers lui comme pour dire :

Ravi de te revoir aussi, petit gars !

Sais-tu où est Gwen ? a demandé Truffe.

Bec a poussé un petit cri puis s'est tourné vers le fameux bâtiment. Aussitôt après, il est allé se poser sur le toit, au-dessus d'une lucarne.

Gwen est à l'intérieur, a compris Aurore.

9

UN CRI DANS LA NUIT

– Ta famille ? s'est étonné Rupert. Comment ça ? Tu hurlais pour appeler ta famille ?

J'hésitais à en dire plus.

– Je, euh…, ai-je bredouillé. J'ai été séparée de mes parents lors du bombardement. Dans la forêt, j'ai rencontré une meute de chiens et… on est restés ensemble depuis. Je suis un peu… leur cheffe.

Rupert a ouvert de grands yeux.

– Eux aussi, ils étaient perdus, ai-je ajouté. Alors on est devenus une famille.

Mon histoire m'a paru bête. Rupert n'allait jamais me croire. Mais à mon grand soulagement il a dit :

– Trop fort ! Où sont-ils, maintenant ?

– Je l'ignore, ai-je avoué. Je ne les ai pas revus depuis que les deux hommes m'ont emmenée. C'était loin. Je ne les reverrai peut-être plus jamais.

À ces mots, j'ai senti un poids dans ma poitrine.

– Et toi ? ai-je dit pour changer de sujet. Parle-moi de toi.

– Il n'y a pas grand-chose à dire, a estimé Rupert en baissant les yeux. J'aime… enfin j'aimais jouer à la console. Je n'avais pas de frère et sœur. Et j'ai toujours été nul en sport. Mes parents parlaient parfois de troubles à venir, mais ils n'y croyaient pas trop. Et moi, je ne pensais qu'à mes jeux vidéo.

Après un petit sourire, Rupert s'est soudain renfrogné.

– Du coup, je ne m'attendais pas à ce que les soldats débarquent à Monville et raflent tout le monde, a-t-il dévoilé.

– Tu es de Monville ?

– Oui, pourquoi ?

– Moi, je suis de Firwood. On est presque voisins.

Ça m'a fait drôle de prononcer le nom de ma ville pour la première fois en quatre ans. Comme s'il s'agissait d'une autre planète. Rupert a eu la même impression, je crois.

Un instant plus tard, il a froncé les sourcils et a dit :

– Je suis désolé, au fait, pour hier soir. Pour ce qu'ont fait les autres…

– Ne t'inquiète pas pour ça, ai-je répondu.

– Moi, je ne cherchais pas à me moquer, quand j'ai hurlé.

– Par contre, tu es super mauvais, ai-je affirmé.

Rupert s'est redressé et a demandé :

– À ce point-là ?

J'ai gloussé.

Le garçon a alors essayé de hurler à nouveau.

La honte.

– Il faut que ça vienne du fond de ton ventre, ai-je expliqué.

J'ai inspiré à fond, bombé la poitrine. Puis, les épaules rejetées en arrière, j'ai ouvert la bouche et hurlé dans la nuit…

À cet instant précis, j'ai entendu un bruit qui m'a coupé le souffle.

Un hurlement de réponse !

On aurait dit… Mais par quel miracle ?

En un éclair, j'ai bondi à la lucarne.

Ils étaient là, en contrebas : ma meute !

Dès qu'ils m'ont vue, ils ont agité la queue comme des dingues. Zip s'est mis à courir en rond ; Mini tirait la langue dans un large sourire ; Brutus a émis un gémissement de joie ; Aurore, elle, m'interrogeait du regard :

Comment peut-on te rejoindre ?

Une ombre a fusé près des barreaux – j'ai failli lâcher prise…

Bec s'est posé à côté des chiens. Ils étaient *tous* là ! Ils m'avaient retrouvée. Incroyable !

Un nouveau souci m'est alors apparu : **Comment allons-nous pouvoir tous partir d'ici ?**

J'ai tendu l'oreille, au cas où tous ces bruits auraient réveillé Crâne d'Œuf. Non, il ronflait toujours.

– Bec, ai-je dit tout bas, tu peux m'amener Mini ?

L'aigle a désigné le chihuahua de la tête. Il l'avait déjà transporté quand on avait dû franchir un cours d'eau trop large pour Mini.

Mais jamais aussi haut.

Allaient-ils réussir ? Avaient-ils compris ce que j'attendais d'eux ?

Ils ont échangé un regard. Puis Mini m'a regardée et a fait un tour sur lui-même. Bec a incliné la tête… Comme pour dire oui ? Enfin, il a saisi Mini par la peau du cou et s'est élevé avec lui dans de vifs battements d'ailes.

J'ai tendu la main par la lucarne.

Bec a eu du mal à s'approcher, ses ailes frottaient contre le mur.

J'ai fait de mon mieux, la joue contre les barreaux. Mini était mort de peur.

– Lâche-le dans mes mains, ai-je grogné.

Une seconde plus tard, le chihuahua atterrissait sur mes paumes et je refermais les doigts !

J'ai fait passer Mini entre les barreaux et on est retombés ensemble.

Aussitôt, il m'a sauté dessus, s'est mis à me lécher la figure. Moi, je le serrais fort en riant.

– Tu m'as manqué, lui ai-je dit.

C'est là que j'ai vu que Rupert nous observait, ahuri.

– Mais comment il a pu monter ? a-t-il demandé.

– J'ai oublié de te dire, ai-je répondu en souriant. J'ai aussi un aigle.

10

CLIC

Je grattais Mini entre les oreilles tout en pensant à la clé de ma cellule, accrochée dans le bureau de Crâne d'Œuf.

Avec le temps, j'avais appris à communiquer avec les chiens grâce à un mélange de paroles et de gestes. Parfois aussi, on sentait les choses.

Ça m'a rappelé l'époque où on campait dans les voitures abandonnées. Un jour, Mini avait flairé quelque chose dans une valise fermée à clé.

J'avais fouillé les véhicules proches et j'avais fini par trouver une clé dans une boîte à gants.

– Clic, avais-je dit en ouvrant la valise sous le regard captivé du chihuahua.

À l'intérieur, il y avait un sachet de lardons dont il s'était régalé.

Une idée m'est alors venue…

J'ai conduit Mini à la porte de la cellule et l'ai soulevé au niveau de la serrure. Puis j'ai mimé le geste de tourner une clé.

– Clic, ai-je fait.

Les oreilles du chien se sont dressées.

Tu veux un clic ?

J'ai alors pointé un doigt dans le couloir.

– Le clic est là-bas. Mais tu devras être… discret, ai-je ajouté, un doigt sur les lèvres. Un geste que j'avais enseigné aux chiens pour la chasse.

J'ai ensuite posé Mini par terre. Il s'est glissé entre les barreaux et s'est engagé dans le couloir, ses oreilles radars en folie.

11

SUPER-MINI

Mini est entré dans une pièce où un deux-pattes dormait, avachi sur un bureau.

Il a ensuite repéré un objet accroché au mur, derrière le dormeur, et sa queue s'est mise à battre. Voilà sûrement ce que cherchait Gwen. Un anneau de clics !

Il devait être prudent. Tous les deux-pattes n'étaient pas aussi gentils que Gwen.

À côté du bureau, il y avait une chaise sur laquelle étaient posés des livres. Mini s'en est approché sans bruit, puis a bondi sur la chaise.

Hélas ! ses pattes ont heurté un livre qui a glissé. Mini s'est affalé sur un autre et le premier est tombé en faisant **Boum**.

Le deux-pattes a un peu remué. Mini n'osait plus bouger… Heureusement, les ronflements ont vite repris.

Alors Mini s'est tourné vers le bureau. Pas question de renverser quoi que ce soit, ou de réveiller le deux-pattes.

Mini a ensuite bondi sur le bureau.

Puis il s'est mis face aux clics. Les récupérer allait être un jeu de… chiot !

Mais dès qu'il les a pris dans sa gueule, ils ont tinté ! Mini s'est de nouveau figé.

Après une pause, il a tiré dé-li-ca-te-ment les clics du mur. Ceux-ci ont encore tinté ! Le deux-pattes a bougé, toussé. Craignant le pire, Mini s'est jeté au bas du bureau.

Il a atterri dans un bruit sourd accompagné d'un cliquetis. L'homme a ouvert les yeux !

Il a inspecté les lieux. Mini a cru qu'il s'étonnerait de ne pas voir les clics accrochés au mur.

Et puis il s'est de nouveau avachi sur le bureau et s'est remis à ronfler.

Mini a respiré. Heureusement que ce deux-pattes n'a rien remarqué… Ni les bruits… Ni l'absence des clics !

Mini est ensuite retourné à la cellule de Gwen.

L'odeur de la jeune deux-pattes forcissait à chacun de ses pas. Quand enfin il s'est glissé entre les barreaux, elle l'a aussitôt pris dans ses bras.

– Tu as réussi, a soufflé Gwen. Bravo, Super-Mini !

C'est vrai, a répondu le chihuahua, tout souriant.

12

LA MEUTE EN FORCE

– Trop fort, ton chien ! a fait Rupert.

– Chut, ai-je sifflé.

– Si tu te fais prendre, tu vas le regretter, a murmuré le garçon.

– Je ne compte pas traîner dans le coin, ai-je grondé.

J'ai trouvé la clé de ma cellule et j'ai ouvert la porte. Mini est sorti monter la garde pendant que j'allais proposer à Rupert de le libérer aussi.

Le garçon n'avait pas l'air rassuré.

– À moins que tu ne préfères rester casser des cailloux, ai-je ironisé.

– Je te suis, a-t-il décidé.

J'ai ouvert sa cellule, il est sorti.

– Et les autres ? ai-je songé tout haut. On devrait peut-être les libérer ?

– Impossible, m'a répondu Rupert en s'enfonçant dans le couloir.

– Pourquoi ?

– Ils sont trop faibles. Même si on les faisait tous sortir, comment veux-tu les nourrir dans la forêt ?

– On ne peut quand même pas les abandonner à leur sort…

– Il faudrait d'abord libérer les adultes, a estimé Rupert. Pour qu'ils nous aident.

– Les adultes ? me suis-je étonnée.

– Oui, ceux qui construisent un grand camp, pas très loin d'ici. Mes parents y sont.

Mais alors… ai-je songé. Les miens aussi, peut-être ?

J'ai vite sorti mon médaillon et le lui ai montré.

– Regarde, ce sont mes parents. Tu les as déjà vus ?

Rupert a étudié la photo, les yeux plissés. Je mourais d'impatience.

– Euh… oui, a-t-il fini par répondre.

J'ai failli crier de joie. Je n'en revenais pas ! Et dire que je ne me doutais de rien.

Jusque-là, je voulais seulement retrouver ma meute, mais les souvenirs de ma famille humaine m'ont soudain submergée.

Je me disais que ce cauchemar allait bientôt prendre fin, et que mes parents me laisseraient garder les chiens.

– Tu en es sûr ? ai-je insisté.

Rupert a fait un petit signe de tête.

– Et elle ? ai-je repris en désignant ma sœur, Kate.

– Il n'y a pas d'enfants, là-bas, a murmuré Rupert en toussotant. Et je ne l'ai pas vue ici. Désolé.

J'étais déçue, mais pas abattue. Je comptais bien m'échapper de ce camp et libérer mes parents ! Après, nous partirions chercher Kate. Ensemble.

Mais une pensée m'a retenue. On allait devoir être discrets… Or Zip était à moitié aveugle… Et Mini s'excitait pour un rien.

Celui-ci était encore très fier d'avoir pu récupérer la clé.

Ça pouvait marcher.

– Je dois retrouver mes chiens, ai-je déclaré. Après, on ira libérer les adultes.

– Mais comment ? a dit Rupert en pâlissant. On n'est que deux.

C'était pourtant son idée, non ? À la chasse, une hésitation est parfois fatale.

Rupert allait peut-être nous ralentir… Mais j'avais besoin de ses connaissances.

– Suis-moi, ai-je tranché.

Mini dans mes bras, Rupert sur mes talons, je me suis dirigée vers le bureau de Crâne d'Œuf.

Celui-ci ronflait toujours. J'en ai profité pour récupérer ma fronde.

Crâne d'Œuf n'y avait pas touché. Tant mieux. Je ne comptais pas m'en aller sans elle.

J'ai ensuite enfermé le soldat dans son bureau, et on s'est engagés dans l'escalier.

Je distinguais les formes des enfants couchés sur leurs paillasses. Je me suis juré de revenir les libérer.

Arrivée à la porte, impossible de trouver la serrure.

– Elle est fermée depuis l'extérieur, a murmuré Rupert.

Là, des grattements ont retenti dehors. Suivis d'un grondement familier.

– Aurore ! ai-je soufflé. C'est moi ! On est bloqués.

Je tapotais la porte sans savoir si ça aiderait ma louve à comprendre.

Tout à coup, un choc a secoué le battant. Puis un second, accompagné par un grognement de Brutus.

Ils essayaient d'enfoncer la porte !

– Recule, ai-je ordonné à Rupert.

Les coups ont continué. ***Pourvu que les chiens ne se blessent pas.*** Les clous ont commencé à se déloger. Le chambranle craquait. Les bruits résonnaient dans le bâtiment, des enfants se réveillaient déjà.

Enfin, la porte s'est écroulée dans un grand

BOUM !

J'ai couru enlacer ma petite famille. Zip s'est mis à aboyer à tue-tête. Je lui ai fait signe de se taire. Ce n'était pas le moment. Mieux valait filer.

Il y a eu des bruits à l'étage, puis des cris partout.

– Venez ! ai-je dit.

Je suis sortie en trombe, avec ma meute. Rupert courait à côté de Brutus, et il n'avait pas l'air rassuré. Et le chien semblait demander :

Autour de nous, des grillages, des monceaux de gravats et un grand terrain plein d'ombres. Des lampes torches fusaient dans tous les sens. Je ne savais pas où aller.

Suis-moi, a grondé Aurore.

Elle a bondi de côté. J'ai saisi Mini et lui ai couru après. Quel bonheur de sentir le vent dans mes cheveux !

Les faisceaux des lampes se rapprochaient. Les soldats arrivaient de tous les côtés, y compris ceux qui étaient de garde sur les échafaudages plaqués contre la palissade !

Aurore nous a conduits à un cabanon. Puis elle a foncé derrière la structure. J'espérais qu'elle savait ce qu'elle faisait.

Tout à coup, j'ai aperçu sa queue qui disparaissait dans un trou sous la palissadc.

J'ai lâché Mini qui s'est engouffré dans le trou. Puis je me suis jetée par terre et me suis faufilée dans l'ouverture. De l'autre côté dc la palissade, j'ai pu m'accrocher à des herbes et me hisser.

Truffe, Brutus et Zip m'ont suivie à leur tour. Les cris des soldats résonnaient dans le camp.

– Rupert ! ai-je crié.

Le garçon a passé le bras au-dehors, je l'ai attrapé et j'ai tiré.

– Ma jambe est coincée ! a gémi Rupert.

– Les chiens, vite ! ai-je ordonné.

Truffe et Brutus ont saisi Rupert par une manche. Le garçon était terrifié mais les chiens ne le mordaient pas. Ils m'aidaient à tirer.

L'instant d'après, Rupert ressortait du trou, haletant.

– Dans la forêt ! ai-je décidé en m'élançant.

Contrairement à moi, Rupert n'avait pas l'habitude d'être dans une forêt la nuit. Je l'entendais glapir chaque fois qu'il butait contre une branche ou un caillou.

– Viens, je te guide, lui ai-je dit en le prenant par le bras. On n'a pas une minute à perdre.

J'avais beau faire de mon mieux, Rupert n'arrêtait pas de lâcher des « Ouille » et des « Aïe » au moindre contact avec la végétation.

Aurore a grondé comme pour me dire : **Fais-le taire**.

– C'est un vrai loup ? a demandé Rupert, presque bouche bée.

– Une louve, ai-je précisé. Elle s'appelle Aurore et elle voudrait que tu te taises.

Au bout d'une longue course silencieuse, j'ai constaté que Rupert n'en pouvait plus.

Heureusement, nous étions suffisamment loin du camp.

– Stop, ai-je lancé aux chiens. Reposons-nous un peu.

Les chiens se sont tournés vers moi.

Je me suis agenouillée, les bras écartés, et ils sont tous venus me faire un câlin.

– C'est bon de vous revoir, les amis.

À qui le dis-tu !

J'ai tellement envie d'aboyer !

C'est pas le moment, Zip !

Dans le ciel, Bec a poussé un cri.

Je me suis tournée vers Rupert et j'ai tenté de le rassurer.

– Ne t'inquiète pas, Rupert. Ma meute va nous aider à pénétrer dans le camp des adultes. On ne sera pas seuls !

13

LE PORTAIL

On se dirigeait vers la montagne quand, soudain, on est tombés sur la route qui reliait le camp des enfants à celui des adultes.

On l’a longée par la forêt, en guettant les soldats. Mais ils ne devaient pas se douter qu’on allait se jeter dans la gueule du loup.

On est arrivés devant un grand mur en parpaings surmonté par un mirador.

Comment faire pour entrer ?

Tout à coup, une Jeep s'est présentée au portail. Le conducteur avait une queue-de-cheval. À l'arrière, deux hommes portaient un fusil à l'épaule.

– Alors, les chasseurs ? leur a lancé le garde du mirador. Vous rapportez le petit déj' ?

Les deux hommes armés faisaient grise mine.

– Il y a moins de bêtes qu'avant, dans le coin, a expliqué Queue-de-Cheval. On va devoir chasser plus loin.

– Vous n'avez rien pris ? s'est étranglé le garde.

Sur ce, il a ouvert le portail métallique du camp et la Jeep l'a franchi. Depuis son perchoir, le garde suivait le cheminement du véhicule.

De mon côté, je sentais que quelque chose tracassait Rupert.

– Qu'est-ce qu'il y a ? l'ai-je interrogé.

– Je connais bien ce camp, a-t-il dit. Les soldats ont l'habitude de voir des enfants y transporter des brouettes de cailloux. Si tu te caches dans une brouette, sous des cailloux, je dois pouvoir te faire entrer.

– Et pour les chiens ?

– Trop nombreux, ça ne marchera pas.

J'ai interrogé ma meute du regard.

Tu ne vas pas encore nous abandonner, dis ?

Pas question ! Cette fois, on ne te lâche pas.

– Sauf s'ils se glissent en douce quand le garde nous ouvre, ai-je proposé. Quand la Jeep est passée, il l'a suivie du regard. S'il fait pareil, il n'y verra que du feu.

– Tu penses leur faire comprendre ton plan ? a hésité Rupert.

– Oui, j'ai l'habitude.

J'ai aussitôt expliqué mon plan à la meute.

– C'est clair pour tout le monde ? ai-je demandé ensuite.

Oui, oui, oui.

– Génial ! s'est écrié Rupert.

– Pour survivre, il fallait bien qu'on se comprenne, ai-je dit.

– OK, la Louve, a lancé le garçon. À l'attaque.

14

LES CHASSEURS

Rupert m’a donc recouverte de cailloux. Ce n’était pas franchement confortable !

J'en ai fourré quelques-uns, des petits, dans ma poche. Et Rupert m'a transportée.

Très vite, il s'est arrêté. De la lumière filtrait entre les cailloux. Les projecteurs du mirador…

– Tu fais quoi, petit ? a lancé le garde à Rupert.

– J'apporte des cailloux, monsieur, a répondu mon complice.

J'ai entendu le portail s'ouvrir. Je croisais les doigts pour que mes chiens aient compris le plan.

La brouette a repris sa route. Je guettais la sirène d'alarme. Elle n'a pas retenti.

– Les chiens passent, m'a soufflé Rupert. On est sous le mirador.

Malgré tout, j'étais encore très angoissée.

Le portail s'est refermé derrière nous. Avec un peu de chance, le garde allait se remettre à surveiller la route. Et si les chiens ne lâchaient pas Rupert, on allait peut-être réu…

– Hé ! a crié le garde. C'est quoi, ces chiens ?

Et zut.

– Ah, euh… a hésité Rupert. Des chiens errants… je crois ?

– Des chiens sauvages ! s'est écrié le garde. Alerte !

Je n'allais pas rester sans rien faire. Alors j'ai jailli hors de la brouette.

Le garde n'en croyait pas ses yeux. Moi, je découvrais les lieux.

On était dans une cour bien plus grande que celle de l'autre camp. Un bâtiment de plusieurs étages se dressait devant nous. À côté, des ouvriers s'affairaient près de camions. Les chasseurs déchargeaient leur matériel.

– Des intrus ! a tonné le garde.

Les chasseurs sont aussitôt remontés dans leur Jeep.

– On fait quoi ? a demandé Rupert en blêmissant.

Notre seule chance, c'était d'aller nous réfugier dans le grand bâtiment. Ses portes étaient grandes ouvertes.

– Là-bas ! ai-je indiqué en m'élançant. **Tous avec moi !**

La Jeep fondait sur nous. Mes chiens se sont instantanément mis à aboyer. Ils n'avaient pas oublié notre dernière rencontre avec des hommes dans un véhicule…

Arrière, deux-pattes !
On te protège, Gwen !

– Venez ! leur ai-je ordonné.

Mais ils ne m'écoutaient pas. Aurore a carrément chargé la Jeep. Mini la suivait en jappant.

– Revenez, les chiens ! ai-je lancé, paniquée.

Mais le reste de la meute a emboîté le pas à Aurore et Mini. Dans la Jeep, un chasseur a épaulé une arme. Je tremblais.

La meute s'est reformée. Zip prenait de l'avance. Le chasseur a fait feu… un filet a jailli du canon de son arme.

Filet qui a emprisonné toute la troupe, à l'exception de Zip.

Le lévrier s'est tourné vers ses amis, un peu perdu. Il aboyait toujours comme un fou.

– Il faut les libérer ! ai-je crié à Rupert en m'élançant vers le filet.

La Jeep s'est soudain arrêtée. L'autre chasseur a visé Zip avec un fusil tranquillisant. Le chien se dirigeait vers des buissons.

Le chasseur a décalé son arme, croyant que Zip allait contourner les buissons. J'ai souri. Il ne connaissait pas mon ami !

Quand il a tiré, Zip a percuté les buissons. La fléchette l'a frôlé !

Le lévrier s'est rassis, hébété. Sa myopie l'avait sauvé.

J'ai couru jusqu'au filet.

– On l'arrache ! ai-je ordonné à Rupert.

On a pris un pieu chacun et on a tiré. Zip est venu s'occuper d'un troisième. J'ai noté qu'il avait un œil fermé : il avait dû se blesser. Ça n'allait pas l'arranger, le pauvre.

Les chasseurs nous visaient déjà avec leurs armes tranquillisantes. J'ai immédiatement saisi ma fronde et j'ai abattu le blond d'une pierre en plein front. Le roux, lui, s'apprêtait à tirer.

J'ai voulu recharger ma fronde… Ma poche était vide !

Un cri a alors retenti dans le ciel.

– Bec !

Mon aigle a fondu sur le chasseur roux, qui s'est protégé derrière son fusil. Bec lui a arraché son arme et a repris de l'altitude.

Depuis le garage derrière la Jeep, des hommes nous observaient. Pas des soldats… Par contre, des cris résonnaient ailleurs. Il ne fallait pas traîner.

Je me suis remise à arracher le pieu. Mini s'était libéré et m'imitait. Bientôt, le reste de la meute a pu sortir. On est repartis en courant.

– Avec moi ! ai-je crié tout en ramassant des cailloux.

On a ensuite déboulé dans le grand bâtiment. Zip fermait la marche, handicapé comme il était. Je l'appelais sans arrêt pour l'aider à se diriger.

Bec, lui, volait très haut au-dessus du camp.

– Il n'a rien…, ai-je soufflé.

Et j'ai refermé la porte du bâtiment.

15

LES ADULTES

On est entrés dans une espèce de salle de cantine, avec un réfrigérateur et un évier où s'empilaient des assiettes.

– Où sont retenus les adultes ? ai-je demandé.

– De l'autre côté du bâtiment, je crois, a répondu Rupert.

– Tu crois ?

– Oui, c'est sûr, j'y suis déjà venu.

On s'est engagés dans un couloir quand soudain trois hommes sont apparus à l'autre bout.

On ne pouvait pas fuir, alors j'ai ordonné aux chiens d'attaquer.

Ils ne se sont pas fait prier ! En même temps, je ressortais ma fronde et j'explosais l'ampoule du couloir. Les soldats ont crié sous l'averse de verre brisé.

Aurore a mis un homme à terre. Mini a mordu un autre à la cheville. Le soldat essayait de se dégager mais Zip l'a bousculé et il s'est écroulé. Truffe et Brutus, eux, prenaient le dernier en sandwich, bientôt épaulés par Zip.

Les radios des hommes ont crépité :

– Ils sont dans le couloir 3.

Au détour d'un virage, Rupert et moi avons découvert une baie vitrée derrière laquelle des soldats travaillaient sur des ordinateurs.

– Le centre de contrôle, a déclaré Rupert. Tu penses que tes chiens peuvent maîtriser ces hommes ?

– J'en suis sûre, ai-je affirmé.

On a déboulé dans la pièce. Les soldats se sont levés, stupéfaits. Brutus et Aurore leur montraient les crocs. Les hommes ont levé les mains.

– Pitié, m'a suppliée l'un d'eux. Rappelez-les.

– Signalez par radio qu'on monte à l'étage, a ordonné Rupert.

– Je… je ne peux pas…, a bredouillé l'homme.

– Brutus ! ai-je appelé en désignant le soldat.

Brutus s'est avancé vers lui.

– Le message ! a insisté Rupert.

L'homme a repris son micro :

– Les… les intrus se dirigent vers le premier étage.

Rupert, lui, scrutait les écrans.

– Tout le bâtiment se gère d'ici, a-t-il soufflé.

Des pas résonnaient dans le couloir… mais ils semblaient s'éloigner.

Rupert a pianoté sur le clavier avant d'appuyer sur un bouton. L'éclairage de la pièce s'est éteint. Tout comme les ordinateurs.

– Comme ça, ils ne pourront plus prévenir leurs collègues, a annoncé Rupert.

– Bien joué, l'ai-je félicité.

Aussitôt, je l'ai aidé à se diriger vers la porte : je ne savais pas s'il voyait aussi bien que mes chiens et moi dans le noir.

On progressait moins vite mais au moins on ne croisait personne : le plan avait bien fonctionné !

À l'autre bout du bâtiment, les fenêtres du couloir laissaient entrer le jour.

– Là ! a indiqué Rupert.

De l'autre côté d'une petite cour, un autre bâtiment se dressait. Comme le dortoir des enfants, mais en pierre.

On est sortis du grand bâtiment et on s'est précipités vers cette nouvelle structure. Je jubilais déjà à l'idée de revoir mes parents.

Les questions se bousculaient dans ma tête : étaient-ils dans ce bâtiment ? Et si oui étaient-ils en bonne santé ? Allaient-ils me reconnaître ? Allaient-ils me reprocher d'avoir fui sans eux, il y a quatre ans ?

Mais le plus important, c'était de les retrouver.

J'ai ouvert la porte et me suis précipitée à l'intérieur.

Des lits de camp vides étaient alignés, et contre un mur une rangée de lavabos avait été installée.

Je me suis figée.

– Ils ne sont pas là ! ai-je tonné, les poings serrés.

Mes chiens ne me reconnaissaient pas. Ils se demandaient ce qui me mettait dans un état pareil. Ils ne pouvaient pas comprendre, puisqu'il n'y avait personne dans cette pièce.

– Ils sont peut-être… au travail ? a bredouillé Rupert.

Je devais l'inquiéter, lui aussi.

Un soldat a alors surgi par la porte du fond.

– Attaquez ! ai-je crié.

Rupert a fait un bond.

Les chiens se sont jetés sur l'homme et l'ont bloqué par terre.

Je suis aussitôt allée l'interroger :

– Où sont les prisonniers ?

– Ils ont été… transférés !

– Comment ça ?

– Je n'en sais pas plus. À l'instant, on les faisait monter dans des camions. Dans le garage ! Si vous faites vite, vous les rattraperez peut-être.

Je me suis tournée vers Rupert.

– Les camions qu'on a vus, ai-je dit.

– Allons-y, a décidé le garçon dans un élan de courage.

Ça m'a rappelé que lui aussi voulait retrouver ses parents.

On a foncé au garage. Au coin du bâtiment, une colonne de camions quittait le camp. À l'arrière du dernier, j'ai aperçu des adultes enchaînés qui nous observaient, incrédules. Mais ce n'étaient pas mes parents.

Ils devaient forcément être dans un de ces véhicules !

Le garde du mirador nous a repérés au moment où on traversait la cour. Il s'est jeté sur son panneau de commandes. J'ai dégainé ma fronde et…

On a franchi le portail au moment où le dernier camion disparaissait dans un nuage de poussière.

– Non ! ai-je crié en m'écroulant à genoux, en larmes.

– Gwen, m'a soufflé Rupert. On ne peut pas rester là.

Des soldats accouraient déjà.

Rupert m'a aidée à me relever. On devait se réfugier dans la forêt. C'était notre seule chance de retrouver nos parents.

Alors on a filé.

16

POURSUITE

On sprintait à travers la végétation qui longeait la route. Les soldats n'arrivaient pas à nous suivre.

J'éprouvais un mélange de tristesse et de colère malgré le succès de notre évasion.

Les prisonniers – y compris mes parents – partaient pour une destination inconnue. Nos efforts n'avaient servi à rien.

Heureusement, les camions laissaient des traces faciles à suivre. On marchait en hauteur par rapport à la route.

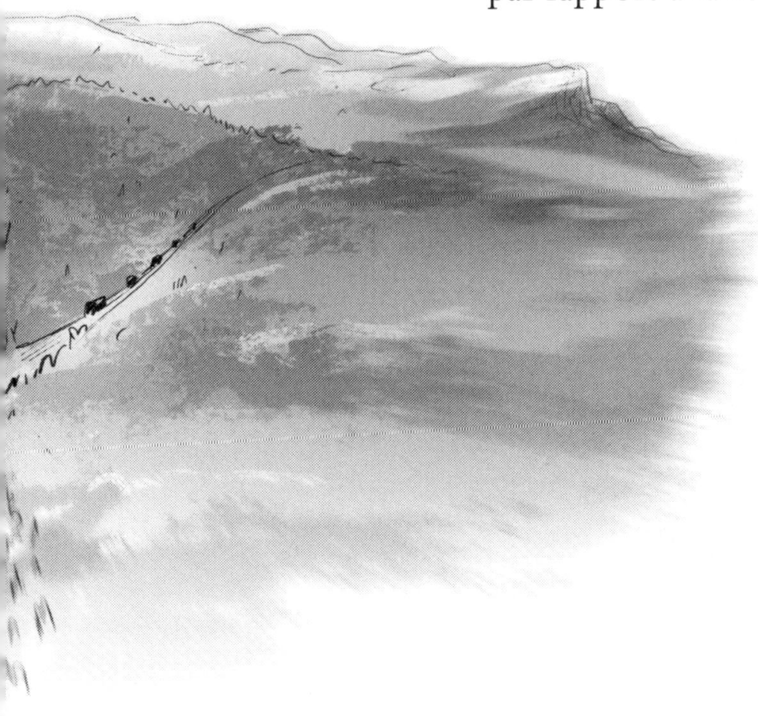

Après plusieurs heures, j'ai décidé de faire une pause.

– Mini, est-ce que tu entends les soldats ? ai-je demandé au chihuahua.

Mini a fait pivoter ses oreilles dans tous les sens.

Puis il a remué la queue. Traduction : il n'entendait rien.

J'ai pris le temps de réfléchir. On était morts de faim. Il nous faudrait des jours, voire des semaines, pour rattraper les camions.

Alors j'ai sorti de mon sac la viande séchée qu'il nous restait. Les chiens m'observaient la langue pendue.

À mon signal, ils se sont jetés sur le repas. J'en ai profité pour leur verser des bols d'eau. Puis j'ai partagé un bout de viande pour Rupert et moi.

On devait tous reprendre des forces après les épreuves qu'on venait de vivre. Tant pis pour les rations. On n'aurait qu'à les refaire dans la forêt.

Après ça, on a repris la route, mais plus lentement. On guettait des proies.

– Gwen, euh…, je voulais te…, a bégayé Rupert.

– Je t'écoute.

Le garçon avait la mine franchement inquiète.

– Je m'excuse, a-t-il repris. Je ne sais pas comment te…

J'ai posé une main sur son épaule.

– Tu n'y es pour rien, si on n'a pas retrouvé nos parents, l'ai-je rassuré. On te doit même une fière chandelle, pour le coup des lumières. Sans toi, on n'aurait pas réussi à s'évader.

– Les ordis, ça me connaît, a dit Rupert. Par contre, j'ai un aveu à te faire. C'est gênant mais…

Il a inspiré à fond, puis m'a annoncé :

– Je suis vraiment désolé. Je… je ne suis pas sûr d'avoir vu tes parents au camp.

– Quoi ? me suis-je écriée.

Les chiens ont senti ma colère.

– Je voulais surtout sauver les miens, a expliqué Rupert. Je me suis dit que tu m'aiderais si tu pensais que les tiens étaient là aussi. Et ils y étaient peut-être, après tout.

Je n'en croyais pas mes oreilles.

– Je promets de me racheter, a ajouté Rupert. Plus jamais je ne te mentirai.

Le sale escroc ! J'avais bien envie de l'abandonner dans cette forêt.

– Toi aussi, tu serais prête à tout pour sauver tes parents, a-t-il dit comme s'il lisait dans mes pensées.

J'ai grogné. Les chiens m'observaient. Puis j'ai détourné le regard.

J'ai repensé à une fois où j'avais menti. Avant tous ces événements.

Mes parents me répétaient toujours de ne pas jouer à la balle dans la maison. Mais un jour où il pleuvait, et où je m'ennuyais, j'avais voulu tester ma nouvelle balle. Je la lançais contre un mur et la regardais rebondir dans tous les sens.

Sauf qu'elle avait percuté notre horloge de famille.

Le verre du cadran s'était fendu.

À l'époque, nos parents grondaient toujours Kate parce qu'elle avait l'habitude de jeter son sac au pied de l'horloge. Du coup, quand papa avait découvert la fissure, je lui avais dit que ça devait être de sa faute à elle.

Pas de chance, Kate m'avait entendue. Elle m'avait lancé un regard noir. Papa avait tout deviné. Et j'avais fondu en larmes.

Kate avait refusé de me parler pendant trois jours. Papa m'avait réconfortée alors que j'essayais de m'excuser.

– Si on ne se ment pas à soi-même ni aux autres, tout peut se réparer, m'avait-il chuchoté.

– Mais Kate me déteste, maintenant.

– Elle est en colère, mais ça lui passera. Nous sommes une famille.

Désormais, je comptais bien retrouver les bras de mon père. Et ma sœur – qu'elle me parle ou non.

Rien ne m'en empêcherait.

Mes parents étaient-ils dans l'un de ces camions ? Je l'ignorais. Mais c'était ma seule piste.

– Venez, ai-je alors dit aux chiens.

On a repris notre route sans nous occuper de Rupert.

Je me suis tournée vers lui : il était mort de trouille à l'idée de se retrouver seul.

– Allez, viens, ai-je marmonné.

Une meute est une meute…

On s'est enfoncés dans la forêt sans trop savoir ce qui nous attendait en chemin.

À SUIVRE…

L'aventure continue !
Retrouve bientôt la suite
de Wolf Girl...

Achevé d'imprimer en juillet 2021
par Normandie Roto Impression s.a.s.
N° d'impression : 2103526
Dépôt légal : mai 2021

Imprimé en France